ARSÈNE LUPIN
ET LE DERNIER SECRET DE NOSTRADAMUS

Une aventure inédite du personnage créé par Maurice LEBLANC

Scenario
Jérôme Félix

Dessins
Alain Janolle

Couleurs
Walter (pages 5 à 59) et François Fleury (pages 60 à 70)

GRAND ANGLE

PRÉCÉDEMMENT DANS LES AVENTURES D'ARSÈNE LUPIN...

* VOIR ARSÈNE LUPIN CONTRE SHERLOCK HOLMES.

ET C'EST AINSI QU'ARSÈNE LUPIN DEVINT SHERLOCK HOLMES...

À DEMAIN, MON ANGE.
VOUS POUVEZ LAISSER MON PETIT-FILS JOUER ENCORE UN PEU.
MAIS SURTOUT, NE NOUS DÉRANGEZ PAS.
MONSIEUR SIGNOL ET MOI RECEVONS CE SOIR.
C'EST PAR ICI, JE VOUS EN PRIE. LE COMTE ET SA FEMME SONT DÉJÀ LÀ.
LE TEMPS D'ALLER CHERCHER MON ÉPOUSE ET J'ARRIVE.
MAIS JE SUIS LÀ, TRÈS CHER.
ALORS, PRÊT, MONSIEUR LE BARON ?
JUREZ-MOI QUE CE N'EST PAS DANGEREUX, MADAME SIGNOL.
MA FEMME A TOUJOURS PEUR DE TOUT. UNE VRAIE POULE MOUILLÉE.
POUR NOUS AUSSI, C'EST UNE PREMIÈRE.
BIEN...
... NOUS ALLONS POUVOIR COMMENCER.
JOIGNEZ VOS MAINS.

ET QUI ALLONS-NOUS APPELER ?
POURQUOI PAS NOSTRADAMUS ?
OH, OUI, CE SERAIT INCROYABLE.
NOSTRADAMUS, MAÎTRE DE L'AVENIR, J'INVOQUE TA PRÉSENCE.
RÉPONDS À MON APPEL.
ES-TU LÀ ?
RÉPONDS !
OUI, DÉPÊCHE-TOI PARCE QU'ON N'A PAS QUE ÇA À FAIRE.
HIHIHI...
DEMANDEZ-LUI LA DATE DE LA FIN DU MONDE.
J'ADORERAIS TELLEMENT LA CONNAÎTRE.
SUFFIT !
CONVOQUER LES ESPRITS N'EST PAS UN JEU, ALORS...
... CONCENTREZ-VOUS.

PLUS TARD...
JE SUIS DÉSOLÉ, MONSIEUR LE BARON.
ON NOUS L'AVAIT POURTANT CHAUDEMENT RECOMMANDÉE.
OH... MAIS QUI VOILÀ ?
LA BONNE A ENCORE DÛ PIQUER DU NEZ AVANT DE LE COUCHER.
UNE VOYANTE INCAPABLE...
... UN PERSONNEL SUR LEQUEL ON NE PEUT PAS COMPTER ! MAIS OÙ VA LE MONDE ?
JE M'EN OCCUPE, ÉMILE. VOUS, RETOURNEZ DONC PEINDRE UN PEU, ÇA VOUS DÉTENDRA.
ALLEZ, VIENS PAR LÀ, VILAIN CHENAPAN. MAMIE VA S'OCCUPER DE TOI.
ET MAINTENANT, DODO !
ZZZZ...

ÉMILE... ÉMILE !
LA FIN DU MONDE, CE SERA UN 27 AVRIL !
MAIS ENFIN... QU'EST-CE QUE VOUS ME CHANTEZ LÀ, HENRIETTE ?
EXPLIQUEZ-VOUS !
ET IL Y A AUSSI L'ANNÉE.
JULES A ÉCRIT LA DATE AVEC SES CUBES...
VENEZ VOIR !

* VOIR ARSÈNE LUPIN CONTRE SHERLOCK HOLMES.

À BIENTÔT, SHERLOCK !
ET COMME D'HABITUDE, IL NE S'EST RENDU COMPTE DE RIEN, PATRON.
NE TE MOQUE PAS DES ABRUTIS, GROGNARD, TU NE SAIS PAS COMMENT TU FINIRAS.
ALORS COMME ÇA, HOLMES AVAIT LE BÉGUIN POUR UNE FILLE. J'AURAIS PAS CRU.
EN TOUT CAS, C'EST LA SEULE PHOTO DE FEMME QUE J'AI RETROUVÉE DANS SES AFFAIRES.
MAIS ÇA N'A RIEN D'ÉTONNANT...
IRÈNE ADLER AURAIT FAIT CHAVIRER N'IMPORTE QUI.
VOUS LA CONNAISSEZ ?
DISONS QU'ELLE M'A FAIT COMPRENDRE LA DIFFÉRENCE ENTRE JOLIE ET SUBLIME. FINE, GRACIEUSE, UN REGARD DE BRAISE... J'AI TOUJOURS ADORÉ CE GENRE DE FEMME.
ET TOUTES LES AUTRES AUSSI.
ON A TOUS NOS DÉFAUTS.
221B
Sherlock Holmes Détective Conseil
RIIIIIIIIINNNNNNGGG
JE DESCENDS OUVRIR, PA... J'VEUX DIRE, MONSIEUR HOLMES.
MADA...?!!
MAIS VOUS ÊTES...
POUVEZ-VOUS M'ANNONCER À MONSIEUR HOLMES ?

MONSIEUR...
JE NE VOUS AURAIS JAMAIS IMAGINÉ AVEC UN MAJORDOME CHEZ VOUS, SHERLOCK.
IRÈNE ?!!
POURRIEZ-VOUS M'ACCORDER UN INSTANT ?
POUR VOUS, J'AI TOUTE LA VIE.
CETTE PHOTO... VOUS L'AVEZ DONC GARDÉE ?
MALHEUREUSEMENT, J'EN AIMAIS UN AUTRE, MAIS VOUS VOYEZ...
... JE NE VOUS AI PAS OUBLIÉ POUR AUTANT.
ET C'EST POUR ÇA QUE VOUS REVENEZ AUJOURD'HUI ?
L'AUTRE RISQUE DE NE PAS APPRÉCIER.
J'AI... J'AI PERDU MON MARI ET MES DEUX FILLES DANS UN ACCIDENT. ÇA M'A BRISÉE... ET PUIS J'AI RENCONTRÉ DIEU.
J'ENTRERAI DANS LES ORDRES À LA FIN DU MOIS.
LES ORDRES ?!!
J'AI BESOIN D'AIDE, SHERLOCK.
POUR DEVENIR NONNE ?

C'EST SÉRIEUX, JE VOUS EN PRIE... ÉCOUTEZ-MOI.
IL Y A UNE QUARANTAINE D'ANNÉES, LE PEINTRE ÉMILE SIGNOL A RÉALISÉ QUATRE IMMENSES TOILES POUR L'ÉGLISE SAINT-SULPICE DE PARIS.
MAIS ÉTONNAMMENT...
... IL EN A SIGNÉ DEUX AVEC UN "N" INVERSÉ.
E M. SIGNOL
LUBIE D'ARTISTE ?
C'EST CE QU'IL A TOUJOURS PRÉTENDU, MAIS À L'AUBE DE SA MORT...
MON, MON... PÈRE, IL FAUT QUE JE LE DISE... C'EST TROP GRAVE.
NOSTRADAMUS...
IL M'A DIT QUAND AURAIT LIEU L'APOCALYPSE.
LES "N" CACHENT SON SECRET.
L'APOCALYPSE, LES "N" ?!! MAIS QU'EST-CE QUE ÇA VEUT DIRE ?
MALHEUREUSEMENT, SIGNOL EST MORT SANS AJOUTER UN MOT. LE CURÉ, PANIQUÉ PAR CE QU'IL VENAIT D'ENTENDRE, A AUSSITÔT FAIT REMONTER L'AFFAIRE À SA HIÉRARCHIE.
LES MOURANTS QUI RACONTENT N'IMPORTE QUOI AVANT DE PASSER L'ARME À GAUCHE, C'EST PAS NOUVEAU.

SAUF QUE LÀ, LES DERNIÈRES PAROLES DE SIGNOL FAISAIENT ÉCHO À UN CARNET CACHÉ AU PLUS PROFOND DE LA BIBLIOTHÈQUE SECRÈTE DU VATICAN.
CE CARNET, C'EST CELUI DE NOSTRADAMUS.
ON PEUT Y LIRE TROIS PRÉDICTIONS, DONT LES DEUX PREMIÈRES SE SONT RÉALISÉES.
ET LA TROISIÈME ?
ELLE ANNONCE QUE L'HUMANITÉ DÉCOUVRIRA LA DATE DE SON EXTINCTION EN 1892.
NE ME DITES PAS QUE C'EST L'ANNÉE OÙ EST MORT SIGNOL ?
VOUS COMPRENEZ POURQUOI L'ÉGLISE A PRIS L'AFFAIRE AU SÉRIEUX.
MAIS L'ENQUÊTE CONDUITE PAR LE PAPE DE L'ÉPOQUE POUR COMPRENDRE LE SENS DES DEUX "N" INVERSÉS N'A RIEN DONNÉ.
L'HISTOIRE AURAIT PU EN RESTER LÀ.
MAIS NOUS AVONS APPRIS QU'UN BOURGEOIS METTRA PROCHAINEMENT AUX ENCHÈRES UNE TOILE DE SIGNOL QUI N'A JAMAIS ÉTÉ EXPOSÉE.
HOTEL DES VENTES DE PA
LE DESCRIPTIF DE LA VENTE PRÉCISE QUE LA SIGNATURE DE L'ARTISTE COMPORTE UN "N" INVERSÉ.
SIGNOL 1
SHERLOCK, VOUS ÊTES LE SEUL CAPABLE DE DÉCOUVRIR SI CES ÉTRANGES SIGNATURES CACHENT RÉELLEMENT QUELQUE CHOSE.
POUR QUI TRAVAILLEZ-VOUS, IRÈNE ?

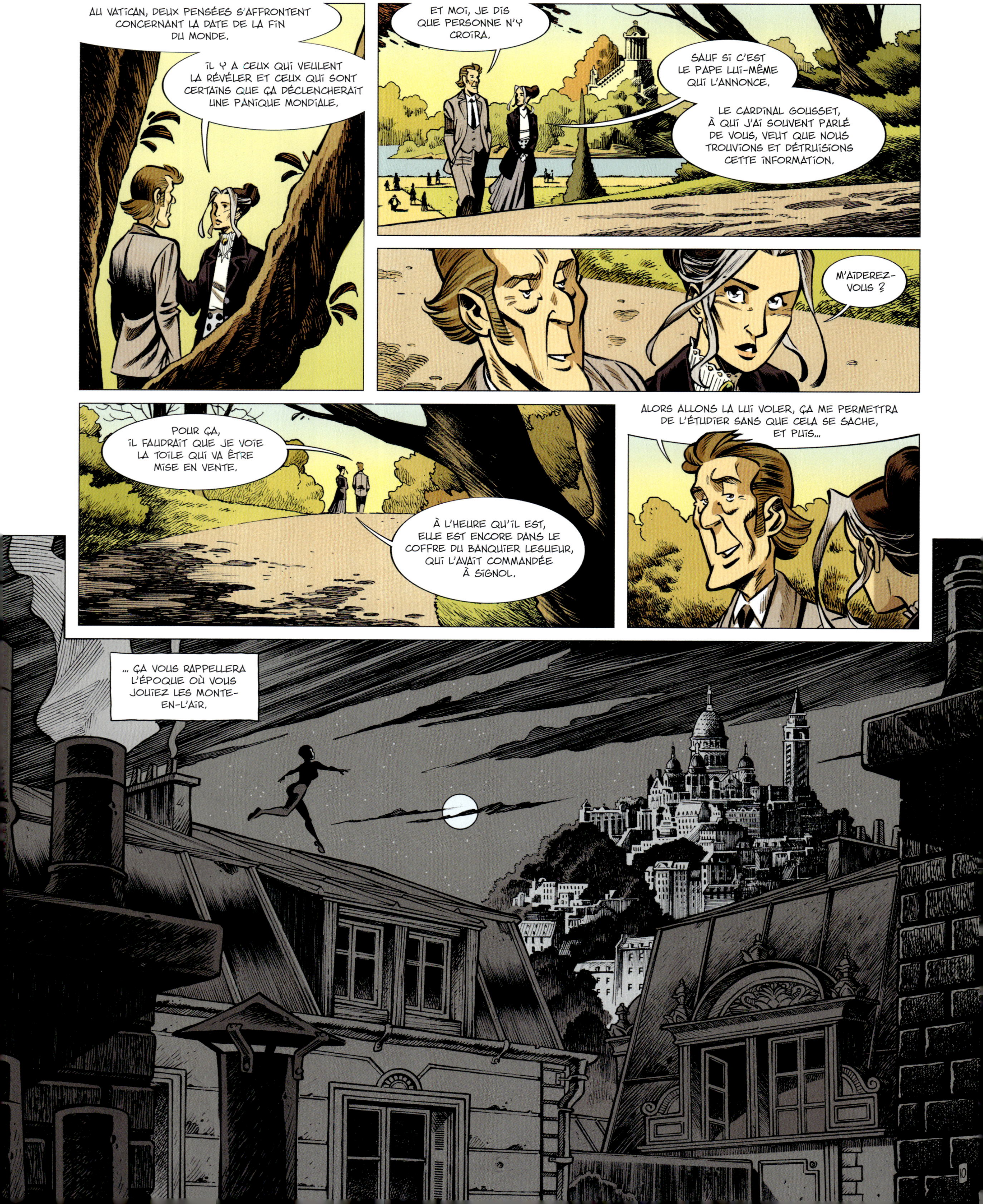
AU VATICAN, DEUX PENSÉES S'AFFRONTENT CONCERNANT LA DATE DE LA FIN DU MONDE.
IL Y A CEUX QUI VEULENT LA RÉVÉLER ET CEUX QUI SONT CERTAINS QUE ÇA DÉCLENCHERAIT UNE PANIQUE MONDIALE.
ET MOI, JE DIS QUE PERSONNE N'Y CROIRA.
SAUF SI C'EST LE PAPE LUI-MÊME QUI L'ANNONCE.
LE CARDINAL GOUSSET, À QUI J'AI SOUVENT PARLÉ DE VOUS, VEUT QUE NOUS TROUVIONS ET DÉTRUISIONS CETTE INFORMATION.
M'AIDEREZ-VOUS ?
POUR ÇA, IL FAUDRAIT QUE JE VOIE LA TOILE QUI VA ÊTRE MISE EN VENTE.
À L'HEURE QU'IL EST, ELLE EST ENCORE DANS LE COFFRE DU BANQUIER LESUEUR, QUI L'AVAIT COMMANDÉE À SIGNOL.
ALORS ALLONS LA LUI VOLER, ÇA ME PERMETTRA DE L'ÉTUDIER SANS QUE CELA SE SACHE, ET PUIS...
... ÇA VOUS RAPPELLERA L'ÉPOQUE OÙ VOUS JOUIEZ LES MONTE-EN-L'AIR.

ET EN PLUS, C'EST DÉJÀ OUVERT.
TOUT S'EXPLIQUE...
PREMIER CAMBRIOLAGE ET DÉJÀ UN COUP DE MAÎTRE !
QUELLE MERVEILLE !
PLUS QU'À LAISSER MA CARTE...
TAP TAP TAP
DOMMAGE QUE JE VEUILLE AUSSI CE COLLIER.
?!!
SHTONK !

MAIS DIS-TOI QU'IL M'IRA BIEN MIEUX QU'À TOI.
MERCI PETIT, OU PLUTÔT DEVRAIS-JE DIRE...
Arsène Lupin
Gentleman
Cambrioleur
... ARSÈNE LUPIN.
NGGG...
VA FALLOIR COURIR PLUS VITE QUE ÇA, SI TU VEUX M'ATTRAPER !
CRAAAAC!!

BON, ON FAIT QUOI, MAINTENANT ?
ON SE BAGARRE AU RISQUE DE TOMBER OU ON SE PARTAGE LE BUTIN ?
UNE NUIT CONTRE LE COLLIER ?
RENDEZ-VOUS DEMAIN SOIR, AU PLAZA.
CHAMBRE 813.
PLAZA ATHENEE
813
TOC! TOC! TOC!
PILE À L'HEURE, ET BEL HOMME.
DEUX BONS POINTS QUI VOUS VAUDRONT UN PETIT BILLET EN PLUS.
ALLEZ, NE FAITES PAS VOTRE TIMIDE, ENTREZ.
ARSÈNE LUPIN ?!!

DANDY DE GRAND CHEMIN ET GENTLEMAN CAMBRIOLEUR, POUR VOUS SERVIR.
MAIS, HOLMES...
... OÙ EST-IL ?
MORT. J'AI PRIS SA PLACE DEPUIS UN MOIS, SUR DEMANDE DE LA COURONNE, BIEN SÛR.
MORT ?
HÉLAS.
MAIS VOUS AUSSI, VOUS POUVEZ COMPTER SUR MOI.
MALHEUREUSEMENT, VOUS N'ÊTES PAS SHERLOCK.
NON, JE SUIS BIEN MEILLEUR. OUBLIEZ LE JEUNE CRÉTIN QUE VOUS AVIEZ BERNÉ D'UN REGARD.
À L'ÉPOQUE, VOUS VOUS SERIEZ NOYÉ DANS UN VERRE D'EAU.
MAIS AUJOURD'HUI, JE NE BOIS PLUS QUE DU CHAMPAGNE, ET COMME SES BULLES...
... JE PÉTILLE D'INTELLIGENCE.
AVEC MOI, L'IMPOSSIBLE NE PREND QU'UN INSTANT. LE BANQUIER QUI A LE SIGNOL, PAR EXEMPLE...
... EH BIEN, J'AI LES CLEFS DU COFFRE OÙ IL RANGE TOUTES SES TOILES.
MAIS COMMENT ?
DISONS QUE JE NE SUIS PAS QUE HOLMES.
CE SERAIT D'UN ENNUI.

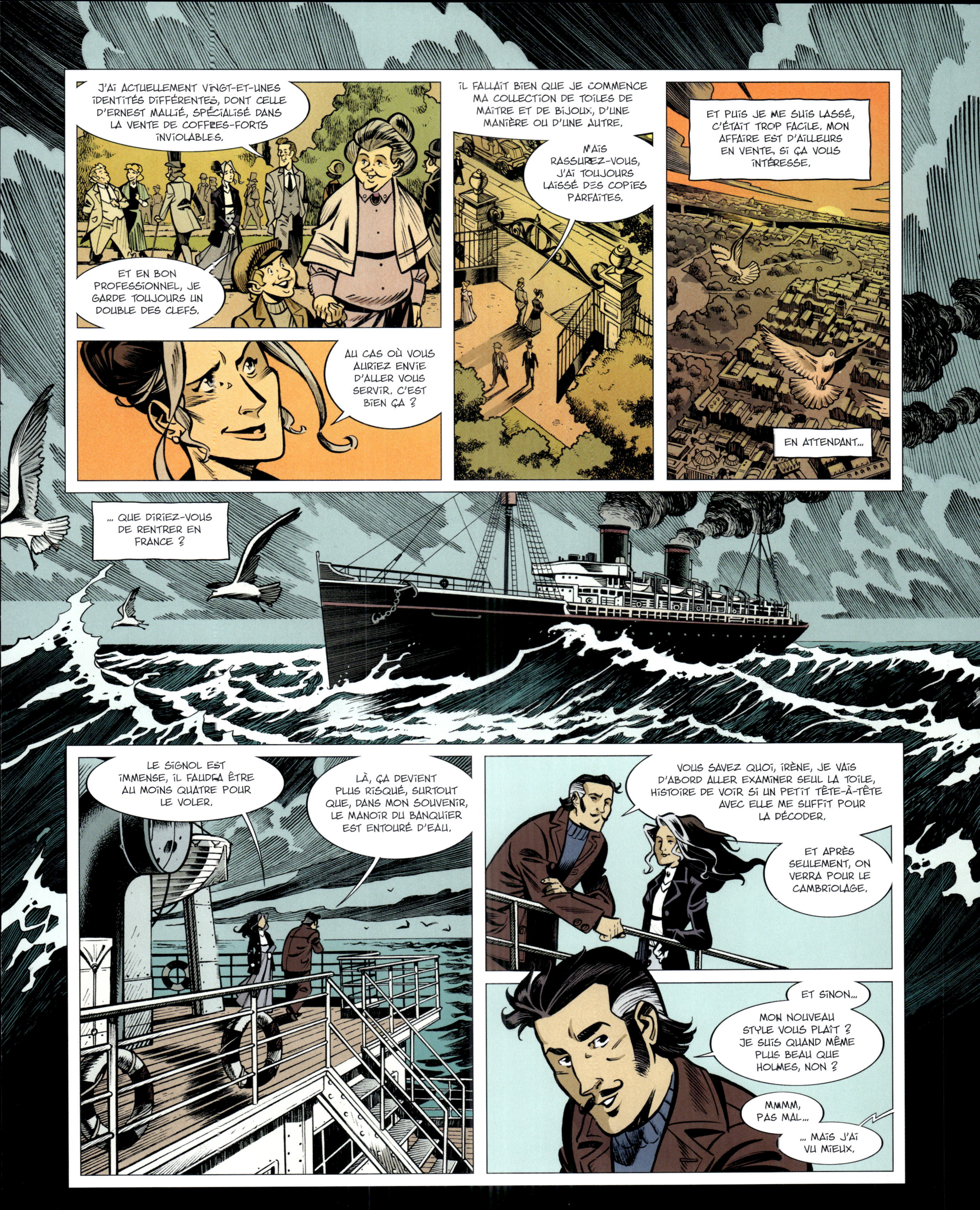
J'AI ACTUELLEMENT VINGT-ET-UNES IDENTITÉS DIFFÉRENTES, DONT CELLE D'ERNEST MALLIÉ, SPÉCIALISÉ DANS LA VENTE DE COFFRES-FORTS INVIOLABLES.
ET EN BON PROFESSIONNEL, JE GARDE TOUJOURS UN DOUBLE DES CLEFS.
AU CAS OÙ VOUS AURIEZ ENVIE D'ALLER VOUS SERVIR, C'EST BIEN ÇA ?
IL FALLAIT BIEN QUE JE COMMENCE MA COLLECTION DE TOILES DE MAÎTRE ET DE BIJOUX, D'UNE MANIÈRE OU D'UNE AUTRE.
MAIS RASSUREZ-VOUS, J'AI TOUJOURS LAISSÉ DES COPIES PARFAITES.
ET PUIS JE ME SUIS LASSÉ, C'ÉTAIT TROP FACILE. MON AFFAIRE EST D'AILLEURS EN VENTE, SI ÇA VOUS INTÉRESSE.
EN ATTENDANT...
... QUE DIRIEZ-VOUS DE RENTRER EN FRANCE ?
LE SIGNOL EST IMMENSE, IL FAUDRA ÊTRE AU MOINS QUATRE POUR LE VOLER.
LÀ, ÇA DEVIENT PLUS RISQUÉ, SURTOUT QUE, DANS MON SOUVENIR, LE MANOIR DU BANQUIER EST ENTOURÉ D'EAU.
VOUS SAVEZ QUOI, IRÈNE, JE VAIS D'ABORD ALLER EXAMINER SEUL LA TOILE, HISTOIRE DE VOIR SI UN PETIT TÊTE-À-TÊTE AVEC ELLE ME SUFFIT POUR LA DÉCODER.
ET APRÈS SEULEMENT, ON VERRA POUR LE CAMBRIOLAGE.
ET SINON...
MON NOUVEAU STYLE VOUS PLAÎT ? JE SUIS QUAND MÊME PLUS BEAU QUE HOLMES, NON ?
MMMM, PAS MAL...
... MAIS J'AI VU MIEUX.

NE VOUS INQUIÉTEZ PAS, MON AMI...
DIEU A ENCORE BESOIN DE MOI ICI-BAS.
JE VOUS RACCOMPAGNE, MONSEIGNEUR.
JE NE DEVRAIS PAS VOUS LE DIRE, MAIS COMME VOUS ÊTES SON PLUS FIDÈLE AMI...
ET PUIS, JE SAIS QUE VOUS GARDEREZ ÇA POUR VOUS.
C'EST SI GRAVE QUE ÇA ?
LES QUINZE PROCHAINS JOURS SERONT DÉCISIFS MAIS L'ÉVENTUALITÉ...
... D'AVOIR À ÉLIRE SOUS PEU UN NOUVEAU PAPE N'EST PAS À EXCLURE. PRIONS !
QUINZE JOURS !
QUINZE JOURS POUR METTRE LA MAIN SUR UN SECRET QUI NOUS FILE ENTRE LES DOIGTS DEPUIS PLUS DE VINGT ANS.
OUI, MAIS AUJOURD'HUI, IL Y A CETTE NOUVELLE PEINTURE DE SIGNOL.
CELLE QUE VOUS AVEZ RÉUSSI À ACQUÉRIR AVANT SA MISE AUX ENCHÈRES.
OUI, MES HOMMES DOIVENT LA RÉCUPÉRER CE SOIR.

LA PORTE, MAINTENANT...
C'EST BON, IL L'A CROCHETÉE
DE MÉMOIRE, LE COFFRE EST DANS L'ANCIENNE CRYPTE.
ET COMME DISAIT L'AUTRE...

... SÉSAME, OUVRE-TOI !
JE REFERME ET JE M'Y METS.
EM SIGNOL
ALORS TE VOILÀ !
INGRES EN TRAIN DE PEINDRE SON CÉLÈBRE TABLEAU OÙ ŒDIPE RÉPOND À L'ÉNIGME DU SPHINX.
SI SIGNOL A REPRODUIT ICI LA FAMEUSE TOILE D'INGRES, C'EST PEUT-ÊTRE POUR Y GLISSER DES DIFFÉRENCES.
RESTE À TROUVER LESQUELLES.
DÉJÀ UNE HEURE QU'IL EST LÀ-DEDANS...
J'ESPÈRE QUE TOUT VA BIEN.
C'EST QUOI, ÇA ?!!
AX 37
117

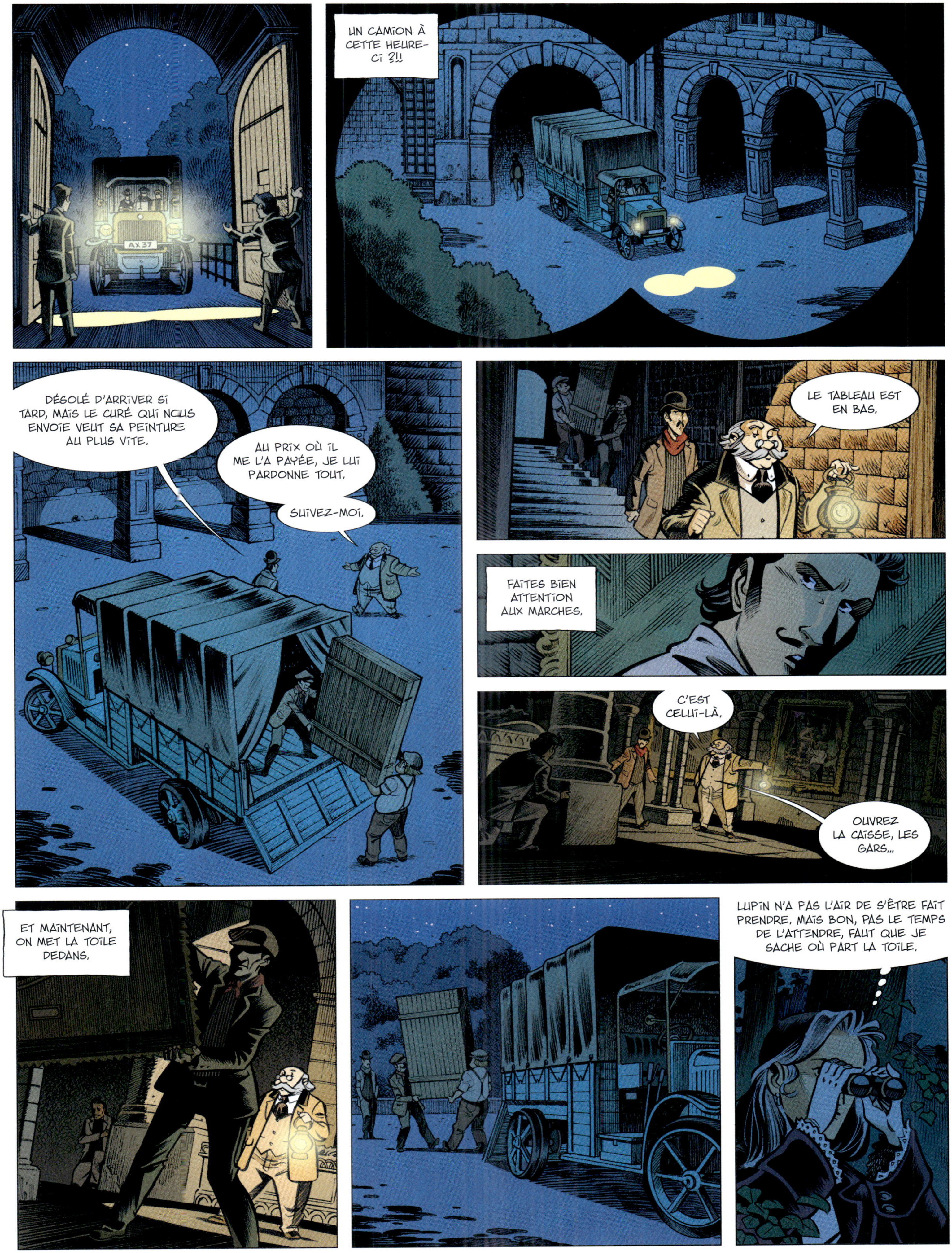
UN CAMION À CETTE HEURE-CI ?!!
DÉSOLÉ D'ARRIVER SI TARD, MAIS LE CURÉ QUI NOUS ENVOIE VEUT SA PEINTURE AU PLUS VITE.
AU PRIX OÙ IL ME L'A PAYÉE, JE LUI PARDONNE TOUT.
SUIVEZ-MOI.
LE TABLEAU EST EN BAS.
FAITES BIEN ATTENTION AUX MARCHES.
C'EST CELUI-LÀ.
OUVREZ LA CAISSE, LES GARS...
ET MAINTENANT, ON MET LA TOILE DEDANS.
LUPIN N'A PAS L'AIR DE S'ÊTRE FAIT PRENDRE. MAIS BON, PAS LE TEMPS DE L'ATTENDRE, FAUT QUE JE SACHE OÙ PART LA TOILE.

SANS LES FEUX, Y A PEU DE CHANCES QU'ILS ME REMARQUENT...
?!!
UNE DAME ?!!
T'ES SÛR QU'ELLE NOUS SUIVAIT VRAIMENT ?
T'EN CONNAIS BEAUCOUP, TOI, QUI ROULENT TOUS FEUX ÉTEINTS EN PLEINE NUIT ?
VAS-Y, FONCE, ON VA LA FORCER À S'ARRÊTER.
MINCE ?!!
MAIS VA FALLOIR S'ACCROCHER, LES GARS !
GAFFE, ELLE ACCÉLÈRE !
PAN !!

BLAM!
RATTRAPEZ-LA, MOI, J'GARDE LA TOILE.
HÉ HÉ HÉ, J'TE TIENS !
BAISSE ÇA !
FAUT D'ABORD QU'ON SACHE POUR QUI ELLE ROULE.
LAISSE-LA CROIRE QU'ELLE NOUS A SEMÉS. J'VAIS LA SUIVRE.
TOI, FILE PRÉVENIR MONSEIGNEUR.

ILS ONT TENTÉ DE ME SUIVRE...
... MAIS J'AI RÉUSSI À LES SEMER.
DE NUIT, C'ÉTAIT PAS BIEN COMPLIQUÉ.
ET ENSUITE, J'AI REJOINT VOTRE ENTREPRISE DE COFFRES-FORTS, À PARIS.
MALLIÉ
COFFRES-FORTS ET PORTES BLINDÉES
POURRIEZ-VOUS PRÉVENIR VOTRE PATRON QU'UNE CERTAINE IRÈNE VEUT LUI PARLER ? IL COMPRENDRA.
ET DE VOTRE CÔTÉ, ARSÈNE, ÇA A DONNÉ QUOI ?
LE SIGNOL REPRÉSENTAIT INGRES EN TRAIN DE PEINDRE SA FAMEUSE TOILE OÙ LE SPHINX POSE UNE ÉNIGME À ŒDIPE. JE CONNAIS BIEN CE TABLEAU, POUR L'AVOIR VOLÉ IL Y A QUELQUES ANNÉES.
ET À VUE D'ŒIL, IL N'Y AVAIT AUCUNE DIFFÉRENCE ENTRE L'ORIGINAL ET LA COPIE DE SIGNOL.
C'EST PARCE QUE VOUS NE L'AVEZ PAS EXAMINÉ ASSEZ LONGTEMPS, PATRON.
OU PARCE QUE LE "N" INVERSÉ SERT UNIQUEMENT À INDIQUER QUE CE SONT LES LETTRES QUI SONT IMPORTANTES.
LES LETTRES ?
J'AI ESSAYÉ DE VOIR QUEL MOT ON POUVAIT RECONSTITUER AVEC LES INITIALES DE TOUT CE QUI EST PEINT SUR LA TOILE.
"S" POUR SPHINX ET "O" POUR ŒDIPE.
SOI
OIS
IOS
OSI
SIO
AJOUTONS LE "I" DE INGRES.
ÇA NE MÈNE NULLE PART.
SAUF SI ON AJOUTE LE FAMEUX "N" INVERSÉ.

LÀ, ON PEUT ÉCRIRE LE MOT "SION".
C'EST LE NOM D'UN HAMEAU QUI COMPTE UNE CINQUANTAINE D'ÂMES ET UN CHÂTEAU EN RUINE, DANS LE GERS.
ET VOUS CONNAISSEZ TOUS LES HAMEAUX DE FRANCE EN DÉTAIL OU C'EST JUSTE CELUI-LÀ ?
JE VOUS L'AI DÉJÀ DIT, LUPIN SAIT TOUT.
ALORS EXPLIQUEZ-MOI POURQUOI SIGNOL A IMAGINÉ TOUTES CES ÉNIGMES INCOMPRÉHENSIBLES ?
VOILÀ MA THÉORIE, IRÈNE, SOIT IL RÉVÉLAIT LA DATE DE L'APOCALYPSE...
... SOIT IL LA GARDAIT SECRÈTE.
DÉCISION PAS FACILE À PRENDRE, HEIN ?
POUR MOI, SIGNOL A HÉSITÉ DES ANNÉES DURANT POUR FINALEMENT DÉCIDER DE S'EN REMETTRE À DIEU. IL A ALORS CACHÉ LA DATE DE L'APOCALYPSE PUIS IMAGINÉ UNE SUITE D'ÉNIGMES QUI Y MÈNENT.
QU'EST-CE QUE DES ÉNIGMES ONT À VOIR AVEC DIEU ?
POUR SIGNOL, SEULE UNE PERSONNE GUIDÉE PAR VOTRE TOUT-PUISSANT POURRA LES COMPRENDRE.
ET SI CETTE PERSONNE A BIEN ÉTÉ GUIDÉE PAR L'ESPRIT DIVIN, ALORS ELLE SAURA S'IL FAUT OU NON RÉVÉLER LA DATE DE LA FIN DU MONDE QUAND ELLE LA TROUVERA...
N13
UNE PERSONNE ÉLUE PAR DIEU ?!!
TOUT À FAIT MON GENRE, ET COUP DE CHANCE, JE SUIS DE VOTRE CÔTÉ.

VERGOIGNAN
SION
MAIS OÙ ALLEZ-VOUS ? SION, C'ÉTAIT À GAUCHE !
QU'EST-CE QU'ON FAIT ICI, ARSÈNE ?
AH, REGARDEZ...
... LA VOILÀ QUI RENTRE DE LA MESSE.
J'AI UNE DE CES FAIMS, MA BONNE VICTOIRE.
N'EST-ELLE PAS SUBLIME ?

C'EST VOTRE FILLE ?
OUI, MAIS ELLE NE LE SAIT PAS.
J'AIMERAIS TANT LE LUI DIRE, MAIS POUR ÇA, IL FAUDRAIT AUSSI QUE JE LUI AVOUE QUE J'AI ABANDONNÉ SA MÈRE ENCEINTE POUR DEVENIR LUPIN.
QUI PEUT EXPLIQUER À SON ENFANT QU'IL LUI A PRÉFÉRÉ UNE VIE D'AVENTURIER ?
LA SEULE CHOSE DE BIEN QUE J'AI FAIT POUR GENEVIÈVE C'EST DE M'ARRANGER POUR QU'ELLE VIENNE VIVRE ICI À LA MORT DE SA MÈRE.
MOI AUSSI, C'EST VICTOIRE QUI M'A ÉLEVÉ.
ET C'EST POUR ÇA QUE VOUS CONNAISSEZ SI BIEN LA RÉGION.
CROYEZ-MOI, ARSÈNE, LES GENS NE SONT PAS ÉTERNELS.
ET C'EST POUR ÇA QUE VOUS DEVEZ DIRE À GENEVIÈVE QUI VOUS ÊTES.
VENEZ.
UN AUTRE JOUR, PEUT-ÊTRE.
VOTRE FILLE DOIT SAVOIR !
EN VOITURE, MAINTENANT, IL NOUS RESTE DE LA ROUTE...
SA FILLE...

VICTOIRE !!!
MMMPFFFF !!!
GENEVIÈVE !!!
ARRÊTEZ !
SINON QUOI ?

ET VOILÀ SION.
SES DIX FERMETTES ET SON VIEUX CHÂTEAU EN RUINE.
COMMENÇONS PAR LÀ.
Sion
PRIONS POUR QUE VOTRE PISTE SOIT LA BONNE, C'EST LA SEULE QUE NOUS AVONS.
IRÈNE !
QUOI ?
HEUREUX CELUI QUI GARDE LES PAROLES DE CETTE PROPHÉTIE CAR LE JOUR EST PROCHE
L'INSCRIPTION, LÀ !
HEUREUX CELUI QUI GARDE LES PAROLES DE CETTE PROPHÉTIE CAR LE JOUR EST PROCHE
ELLE EST TIRÉE DE L'APOCALYPSE DE SAINT JEAN.
L'APOCALYPSE... ÇA NE PEUT PAS ÊTRE UN HASARD. FOUILLONS LES RUINES.
ET ON CHERCHE QUOI ?
UNE CACHETTE SECRÈTE, OU TOUT CE QUI POURRAIT INDIQUER UNE DATE.

ON A TOUT FOUILLÉ.
ET Y A RIEN. MAIS OÙ SIGNOL A-T-IL BIEN PU CACHER SON SECRET ?
ARSÈNE...
VOUS DEVEZ PARLER À VOTRE FILLE.
N'INSISTEZ PAS, IRÈNE !
REGARDEZ CE CHÂTEAU, RIEN N'EST ÉTERNEL, ET ENCORE MOINS GENEVIÈVE.
IMAGINEZ QU'IL LUI ARRIVE QUELQUE CHOSE AVANT QUE VOUS AYEZ PU LUI DIRE COMBIEN VOUS L'AIMEZ, ÇA VOUS BRISERAIT.
VOUS POURRIEZ VENIR RECOLLER LES MORCEAUX...
ET COMME ÇA, VOUS AURIEZ CE QUE MÊME HOLMES N'A PU OBTENIR.

VOUS ÊTES TOUT SAUF UN TROPHÉE DE CHASSE, IRÈNE.
ET PUIS TOUTES CELLES À QUI JE TIENS MEURENT.
ARSÈNE, JE...
JE NE SAVAIS PAS.
ALORS NE DITES PLUS RIEN ET REMETTONS-NOUS AU TRAVAIL.
ET VOUS VOULEZ QU'ON FASSE QUOI, MAINTENANT ? QU'ON DÉMONTE CE CHÂTEAU PIERRE PAR PIERRE ?
NON, IL FAUT QU'ON TROUVE POURQUOI SIGNOL A CHOISI DE CACHER SON SECRET ICI. QU'EST-CE QUE CE CHÂTEAU A DE PARTICULIER ?
RIEN. IL EST CARRÉ, AVEC QUATRE TOURS, ET NOUS ON TOURNE EN ROND.
JE VAIS TROUVER. LUPIN NE CONNAÎT PAS L'ÉCHEC.
L'ÉCHEC ?!!
QUOI, L'ÉCHEC ?
QUATRE TOURS IDENTIQUES... À CHAQUE ANGLE D'UN CARRÉ. ÇA VOUS FAIT PENSER À QUOI ?

C'EST UN ÉCHIQUIER !
ET DEDANS, IL Y A 64 CASES.
COMME ÇA.
COMPTEZ LES LETTRES QUI SONT SUR L'INSCRIPTION DE L'ENTRÉE, IRÈNE.
J'Y VAIS.
OH MON DIEU ?!!
IL Y EN A 64.
64 LETTRES, 64 CASES.
UNE LETTRE PAR CASE.
ET COMMENT INDIQUE-T-ON UN TRÉSOR SUR UNE CARTE ?
AVEC UNE CROIX !
CE QUE NOUS CHERCHONS EST ICI.
30

SI ON REPORTE L'ÉCHIQUIER AUX DIMENSIONS DE LA COUR DU CHÂTEAU, ON DOIT CHERCHER DANS CETTE ZONE.
PLUS QU'À CREUSER.
RAAACCLL
REGARDEZ, IRÈNE, IL Y A UNE PIERRE SOUS LA TERRE !
ON DIRAIT QU'IL Y A UNE INSCRIPTION GRAVÉE DESSUS.
JE VAIS LA DÉGAGER ENTIÈREMENT.
VOUS AVIEZ RAISON, ARSÈNE.
TOUJOURS.
LA FONTAINE DES 4 POINT CARDINAUX
MAIS OÙ CHERCHER CETTE SATANÉE FONTAINE ?
NOUS SAVONS MAINTENANT QUE LES "X" INDIQUENT LES ENDROITS OÙ FOUILLER, ET JE SAIS JUSTEMENT OÙ IL Y EN A UN AUTRE.

EM SIGNOL
SUR LES QUATRE PEINTURES RÉALISÉES POUR SAINT-SULPICE, SIGNOL EN A SEULEMENT SIGNÉ DEUX AVEC UN "N" INVERSÉ. CELLE-CI...
... ET CELLE QUI EST LÀ-BAS.
ÇA N'A AUCUN SENS !
SAUF SI ON RELIE ENTRE ELLES CELLES AVEC UN "N" NORMAL ET CELLES AVEC UN "N" INVERSÉ.
ET LÀ...
ÇA FORME UN "X"...
N NORMAL
N INVERSÉ
N INVERSÉ
N NORMAL
LA SOLUTION EST DONC DANS CETTE ÉGLISE !
LA PLAQUE QUE NOUS AVONS DÉCOUVERTE NE PARLAIT PAS D'UNE ÉGLISE MAIS D'UNE FONTAINE.
ET IL Y EN A JUSTEMENT UNE DEVANT SAINT-SULPICE.
VENEZ !

ON A LES STATUES DE TROIS ÉVÊQUES ET D'UN CARDINAL, MAIS RIEN QUI ÉVOQUE DES POINTS CARDINAUX.
ET SI LA CROIX FORMÉE PAR LES TOILES DE SIGNOL N'INDIQUAIT PAS SAINT-SULPICE PRÉCISÉMENT, MAIS PARIS EN GÉNÉRAL ?
ALORS ÇA VOUDRAIT DIRE QUE LA FONTAINE QUE NOUS CHERCHONS PEUT ÊTRE N'IMPORTE OÙ DANS LA CAPITALE.
DE TOUTE FAÇON, NOUS N'AVONS PAS D'AUTRES PISTES.
LA RUMEUR VOUS DISAIT MORT, MONSIEUR LUPIN.
LA RUMEUR EST À MES ORDRES, ET VOUS ÊTES...?
CARDINAL ROSPIGLIOSI ?!!

C'EST MOI QUI AI ACHETÉ LE SIGNOL GRÂCE AUQUEL J'ESPÈRE DÉCOUVRIR LA DATE EXACTE DE L'APOCALYPSE.
ET ENSUITE, VOUS L'ANNONCEREZ AU MONDE ENTIER !
NOTRE SOUVERAIN PONTIF LE FERA BIEN MIEUX QUE MOI.
CE SERA LE CHAOS !
BIEN AU CONTRAIRE...
LA PEUR DU JUGEMENT DERNIER POUSSERA L'HUMANITÉ VERS CE QU'ELLE A DE MEILLEUR...
... ET LES BONNES ACTIONS SUCCÉDERONT AUX BONNES ACTIONS.
ON DIT QUE VOUS AVEZ DÉCODÉ LE SECRET DE L'AIGUILLE CREUSE EN DIX JOURS.
JE VOUS EN DONNE QUINZE POUR M'AIDER À RENDRE CE MONDE MEILLEUR. RAMENEZ-MOI LA DATE, OU SINON...
SINON ?
MAIS COMMENT ?!!
TOUCHEZ À UN SEUL DE SES CHEVEUX ET...
RETROUVEZ-MOI LE 30, À L'ABBAYE DE JUMIÈGES. DISONS 20 HEURES.

LA SEULE CHOSE QUI COMPTE...
... C'EST GENEVIÈVE.
VICTOIRE EST MALIGNE. ELLE VA ESSAYER DE NOUS FAIRE SIGNE.
RÉUNIS TOUS MES HOMMES, GROGNARD.
TOUS ?
DANS CETTE FORÊT, ÇA PASSERA INAPERÇU.
JE VEUX QU'ILS ÉPLUCHENT LA PRESSE LOCALE SUR UN RAYON DE 200 KILOMÈTRES AUTOUR DE JUMIÈGES. LA MOINDRE BIZARRERIE PEUT SIGNIFIER QUE VICTOIRE EST LÀ. METS AUSSI UNE OREILLE DANS TOUS LES TROQUETS DE NORMANDIE ET DE PARIS.
LE LENDEMAIN...
C'EST COMPRIS ? VOUS NOTEZ TOUT CE QUI SORT DE L'ORDINAIRE.
GROGNARD COORDONNERA VOS RECHERCHES.
MOI, JE M'OCCUPE DE TROUVER LA FONTAINE DES QUATRE POINTS CARDINAUX, MAIS JE REVIENDRAI ICI TOUS LES SOIRS POUR RELIRE LES ARTICLES DE JOURNAL QUI AURONT ATTIRÉ VOTRE ATTENTION. DES QUESTIONS ?
NON ?
ALORS AU BOULOT !!!
IRÈNE, GROGNARD, J'AI À VOUS PARLER.
VENEZ !

J'AI BIEN RÉFLÉCHI, IRÈNE.
SI DANS QUINZE JOURS JE N'AI PAS RÉUSSI À DÉLIVRER MA FILLE ET QUE J'AI DÉCOUVERT LE SECRET DE NOSTRADAMUS...
JE L'ÉCHANGERAI CONTRE GENEVIÈVE.
QUITTE À METTRE LE MONDE À FEU ET À SANG ?!!
OUI.
GROGNARD, INSTALLE MISS ADLER DANS LA BIBLIOTHÈQUE.
FAIS GARDER LA PORTE.
ET PRÉVIENS ZIGZAG QUE JE VEUX LE VOIR AVEC TOUTE SA BANDE.
TOUTES LES FONTAINES PUBLIQUES DE PARIS SONT SUR CETTE CARTE.
Y EN A UN PAQUET !
1224.
VÉRIFIEZ CHACUNE D'ENTRE ELLES ET PRÉVENEZ-MOI SI VOUS Y TROUVEZ QUOI QUE CE SOIT QUI ÉVOQUE UN POINT CARDINAL.
UNE ROSE DES VENTS, PAR EXEMPLE.
VOUS ME FEREZ VOTRE RAPPORT TOUS LES SOIRS.

LE LENDEMAIN MATIN...
JE SERAI À PARIS LA JOURNÉE, ET LE SOIR ICI.
BONNE CHANCE AVEC VOS FONTAINES, PATRON !
DÉCOUPEZ TOUT CE QUI VOUS PARAÎT INHABITUEL.
OCCUPE-TOI DE CELLE-CI, MOI J'FILE VOIR CELLES DES JARDINS DU LUXEMBOURG.
RIEN ICI NON PLUS...
ET C'EST LÀ QUE JE VOIS QUE C'EST LE PÈRE CAPEL.
SÉRIEUX ?
J'TE JURE, MARCEL !

ALORS, PATRON, VOUS AVEZ TROUVÉ VOTRE FONTAINE ?
PAS ENCORE. ET ICI, Y A DU NEUF ?
TOUT CE QUI DÉTONNE DANS LES JOURNAUX OU QUI A ÉTÉ ENTENDU DANS LES TROQUETS EST SUR VOTRE BUREAU. MAIS FRANCHEMENT, J'AI DU MAL À Y VOIR UN MESSAGE DE VICTOIRE.
OUI, MAIS TU N'ES PAS LUPIN !
PATRON...
J'Y CROIS PAS, IL A RELU TOUTE LA PRESSE !
ÇA A DÛ LUI PRENDRE TOUTE LA NUIT.
PATRON...
C'EST L'HEURE.

VOTRE REPAS, MADAME. J'VOUS AI AUSSI APPORTÉ LES JOURNAUX DU JOUR.
MERCI, GROGNARD. ET POUR LA FONTAINE, ÇA DONNE QUOI ?
TOUJOURS RIEN, ET LES JOURS PASSENT.
COMMENT VA ARSÈNE ?
PARIS LA JOURNÉE, LA PRESSE LA NUIT...
... ÇA FAIT HUIT JOURS QU'IL NE DORT QUASIMENT PAS.
J'L'AI JAMAIS VU AUSSI CREVÉ.
À PARIS...
BOIS ET C
CHEZ MAUR
ÇA Y EST, PATRON, LES HOMMES ONT FAIT LE TOUR DE TOUTES LES FONTAINES.
ET Y A QUE TCHI !
DEMAIN, ON ATTAQUE LES FONTAINES PRIVÉES, MAIS IMPOSSIBLE DE TOUT FAIRE POUR LE 30.
EN ATTENDANT, CONDUIS-MOI RUE SAINT-MARC, J'SUIS TROP CLAQUÉ POUR PRENDRE LE VOLANT.
ET Y A QUOI, LÀ-BAS ?

REGARDE...
ÇA, C'EST LA FONTAINE LA PLUS À L'EST DE PARIS.
LÀ, IL Y A LA PLUS À L'OUEST.
ICI, C'EST LA PLUS AU NORD, ET LÀ...
... LA PLUS AU SUD.
QUAND ON LES RELIE, ÇA DONNE UN POINT CENTRAL SITUÉ RUE SAINT-MARC.
UN SAINT ! ET COMME PAR HASARD, LA DATE DE L'APOCALYPSE CENSÉE ÊTRE CACHÉE DANS LA FONTAINE DES QUATRE POINTS CARDINAUX EST AUSSI UN TRUC RELIGIEUX.
RUE SAINT-MARC, J'CONNAIS, ET Y A PAS DE FONTAINE.
MAIS IL Y A PEUT-ÊTRE UN NOTAIRE ?
UN NOTAIRE ?!!
2e Arr
Rue Saint-Marc
SAINT MARC EST LE PATRON DES NOTAIRES.
JE SAIS, C'EST UN PEU TIRÉ PAR LES CHEVEUX.
NOTAIRE
MAIS AU POINT OÙ J'EN SUIS, JE SUIS PRÊT À TOUT TENTER.
COMMENT POURRAIT-IL Y AVOIR UNE FONTAINE DANS LA BARAQUE D'UN NOTAIRE ?!
AUCUNE IDÉE, MAIS C'EST NOTRE DERNIÈRE CHANCE. JE VAIS ALLER FOUILLER QUAND L'OFFICE SERA VIDE.

OUVRE, GASPARD.
VOILÀ UN PEU DE LECTURE POUR VOUS OCCUPER, MISS ADLER.
PARAÎT QUE VOTRE PAPE VA MIEUX. MAIS SI C'ÉTAIT VRAI, ROSPIGLIOSI N'AURAIT PAS DONNÉ SI PEU DE TEMPS AU PATRON POUR LUI RAMENER LA DATE DE L'APOCALYPSE...
SI LUPIN LA LUI REMET, CE SERA L'ENFER SUR TERRE !
JE VOUS EN PRIE, GROGNARD...
E SOIR
Les cardinaux du Vatican démentent l'état de santé inquiétant du pape Pie X
DÉTRUISEZ-LA COÛTE QUE COÛTE !
BONNE LECTURE.
À DEMAIN.
JE VAIS PASSER PAR LES TOITS.

BONG!
VA VRAIMENT FALLOIR QUE LE PATRON FASSE QUELQUE CHOSE POUR ÉLOIGNER CES FOUTUS CHATS !
STOMP!
CETTE FOIS, C'EST PAS LES CHATS !
UN CAMBRIOLEUR ?!!
MAIS Y A RIEN DE VALEUR ICI !
SAUF QUELQUES REVOLVERS DE COLLECTION !
J'VAIS COMMENCER PAR LE BUREAU DU NOTAIRE...
SI SEULEMENT JE SAVAIS QUOI CHERCHER...
CLIC!
M... MAINS... MAINS EN L'AIR !

P... PAS UN GESTE !!
CRASH !!!
BLAM !
MERDE !
OH MON DIEU ! TOUT CE SANG... JE... JE NE VOULAIS PAS...
ÇA... ÇA ME TOURNE LA TÊ...

PATRON !
J'SUIS LÀ...
MERDE ! ÇA VA ?
T'OCCUPE, AIDE-MOI À ME RELEVER, FAUT FOUILLER L'APPART.
MAIS VOUS PISSEZ LE SANG ! ET PUIS, TOUT LE QUARTIER A DÛ ENTENDRE LE COUP DE FEU.
TENEZ LE COUP, PATRON !
les cardinaux
état de santé
de Pie X

BON SANG ! C'EST PAS VRAI !!!
JE MONTE LE PRÉVENIR TOUT DE SUITE.
JE SAIS QUE VOUS ÊTES TOUS CUITS, MAIS ON A ENCORE JUSQU'À DEMAIN SOIR POUR TROUVER VICTOIRE, ALORS ON NE LÂCHE RIEN, LES GARS. COURAGE !
J'AI PEUT-ÊTRE UN TRUC, LÀ !
LE FIGARO
C'EST À TRENTE BORNES D'ICI. Y A UN GOSSE QUI A FAILLI S'NOYER EN TENTANT D'ATTRAPER UNE ÉCHARPE QUI DESCENDAIT UNE RIVIÈRE.
ET Y AVAIT UN "V" DE BRODÉ DESSUS.
"V" COMME "VICTOIRE" !
ET SI JE ME SOUVIENS BIEN, LUPIN LUI EN AVAIT OFFERT UNE SUPERBE POUR SES 60 ANS.
TÉLÉPHONE POUR TOI, GROGNARD !
LA DÉPÊCHE
LE PATRON S'EST PRIS UNE BASTOS.
COMMENT VA-T-IL ?
LE DOCTEUR LAMOUREUX S'OCCUPE DE LUI, MAIS ÇA A L'AIR GRAVE.
TU NOUS REJOINS ?

NON, J'AI PEUT-ÊTRE RETROUVÉ VICTOIRE, ET LUPIN VOUDRAIT QUE JE M'OCCUPE D'ELLE AVANT TOUT.
J'VEUX DIX GARS AVEC MOI.
SI C'EST BIEN L'ÉCHARPE DE VICTOIRE, ÇA VEUT DIRE QU'ELLE A ÉTÉ BALANCÉE D'UNE FENÊTRE QUI BORDE LA RIVIÈRE OÙ LE GOSSE A VOULU LA RÉCUPÉRER.
FAUT REMONTER LE COURANT ET FOUILLER TOUTES LES BARAQUES QU'ONT LES PIEDS DANS L'EAU.
Pix X à l'article de la mort : 4 cardinaux démentent !
TOC ! TOC ! TOC !
DITES À LUPIN DE VENIR ! JE SAIS OÙ EST LA FONTAINE QU'IL RECHERCHE !
LE PATRON A PRIS UNE BASTOS CETTE NUIT. IL EST À PARIS.
TÉLÉPHONEZ-LUI !

IL S'EN SERA FALLU DE PEU CETTE FOIS, LUPIN...
LA BALLE A TRAVERSÉ SANS TOUCHER D'ORGANE VITAL !
TU AS PERDU PAS MAL DE SANG, MAIS C'EST BON...
... TU ES TIRÉ D'AFFAIRE.
UN SIMPLE CLERC DE NOTAIRE... QUELLE HONTE!
TU ÉTAIS ÉPUISÉ, ARSÈNE.
ET MAINTENANT, PAS D'IMPRUDENCE. IL NE FAUT SURTOUT PAS QUE TA BLESSURE SE ROUVRE.
PATRON, ON A EU UN APPEL DU MANOIR... MISS ADLER DIT QU'ELLE A TROUVÉ LA FONTAINE.
AIDE-MOI À ALLER JUSQU'AU TÉLÉPHONE.
LUPIN, NON ! SURTOUT PAS !
CE SERAIT DE LA FOLIE.

LUPIN, ATTENDS !!
C'EST BON, DOC...
SI JAMAIS TA BLESSURE SE ROUVRE...
OUI, I... IRÈNE... TOUT VA BIEN.
VOUS VOUS RAPPELEZ DES QUATRE STATUES DE LA FONTAINE SAINT-SULPICE ?
EH BIEN, CE SONT TOUTES DES REPRÉSENTATIONS D'ÉVÊQUES QUI N'ONT JAMAIS ÉTÉ NOMMÉS CARDINAUX.
... ON PEUT DONC DIRE QU'ON A AFFAIRE À LA FONTAINE DES QUATRE QUI NE SONT POINT CARDINAUX.
LES QUATRE "POINT" CARDINAUX !
MAIS OUI !
ET LUPIN N'A RIEN VU !
QU'IMPORTE !
LA SEULE CHOSE QUI COMPTE, CEST QUE VOUS ALLEZ POUVOIR ÉCHANGER LE SECRET DE NOSTRADAMUS CONTRE LA VIE DE VOTRE FILLE.
MAIS JE CROYAIS QUE VOUS VOULIEZ À TOUT PRIX ÉVITER DE DÉCLENCHER UN CHAOS MONDIAL, IRÈNE ?
QUITTE À SACRIFIER VOTRE FILLE... JE SAIS.

MAIS JE SAIS AUSSI QUE PERDRE UN ENFANT EST CE QU'IL Y A DE PIRE AU MONDE.
J'Y AI RÉFLÉCHI TOUTE LA SEMAINE SANS ARRIVER À TRANCHER, MAIS LÀ... MAINTENANT QUE NOUS SOMMES AU PIED DU MUR, JE N'AI PLUS AUCUN DOUTE.
RIEN NE JUSTIFIE ÇA, ARSÈNE.
PAS MÊME LE SORT DU MONDE.
MERCI, IRÈNE.
MERCI.
J'ENVOIE MES HOMMES FOUILLER LA FONTAINE.
LUPIN EST SÛR QU'IL Y A UNE CACHETTE LÀ-DEDANS.
VÉRIFIEZ TOUTES LES PIERRES.
DOIT Y EN AVOIR UNE QUI S'ENLÈVE !
ÉMILE VA VOUS RAMENER À PARIS, IRÈNE...

LUPIN VOUS ATTEND LÀ-HAUT.
SUIVEZ-MOI.
MISS ADLER, PATRON.
LAISSE-NOUS SEULS.
DANS VOTRE ÉTAT ?!!
C'EST UN ORDRE.
ET FERME LA PORTE.
VOUS AVIEZ RAISON, IRÈNE.
LA FONTAINE ABRITAIT UNE PETITE CACHE DANS LAQUELLE MES HOMMES ONT DÉCOUVERT CETTE CASSETTE QUI, J'EN SUIS SÛR, CONTIENT LA DATE DE L'APOCALYPSE.
ÊTRE AU PIED DU MUR VOUS A FAIT PRENDRE UNE DÉCISION COURAGEUSE.
MAIS J'AVAIS TORT DEPUIS LE DÉBUT.
JE NE PEUX PAS SACRIFIER L'HUMANITÉ POUR SAUVER GENEVIÈVE.
QUOI QUE VOUS EN DISIEZ, C'EST IMPOSSIBLE.
J'EN AI PRIS CONSCIENCE DÈS QUE J'AI EU CETTE CASSETTE ENTRE LES MAINS.

NON !!
POUSSEZ-VOUS, ARSÈNE !
POUSSEZ-VOUS !
C'EST BON, JE L'AI.
IRÈNE, ÉCOUTEZ-MOI !
VOUS SAVEZ QUE J'AI RAISON.
ET MOI...
RUNK !!
... JE SAIS TRÈS BIEN CE QUE JE FAIS.

PAS DE BRUIT, SURTOUT...
DITES DONC, C'EST DU BRUTAL.
MAIS J'EN VEUX BIEN UN AUTRE.
SURTOUT SI C'EST CONSEILLÉ PAR UN DOCTEUR.

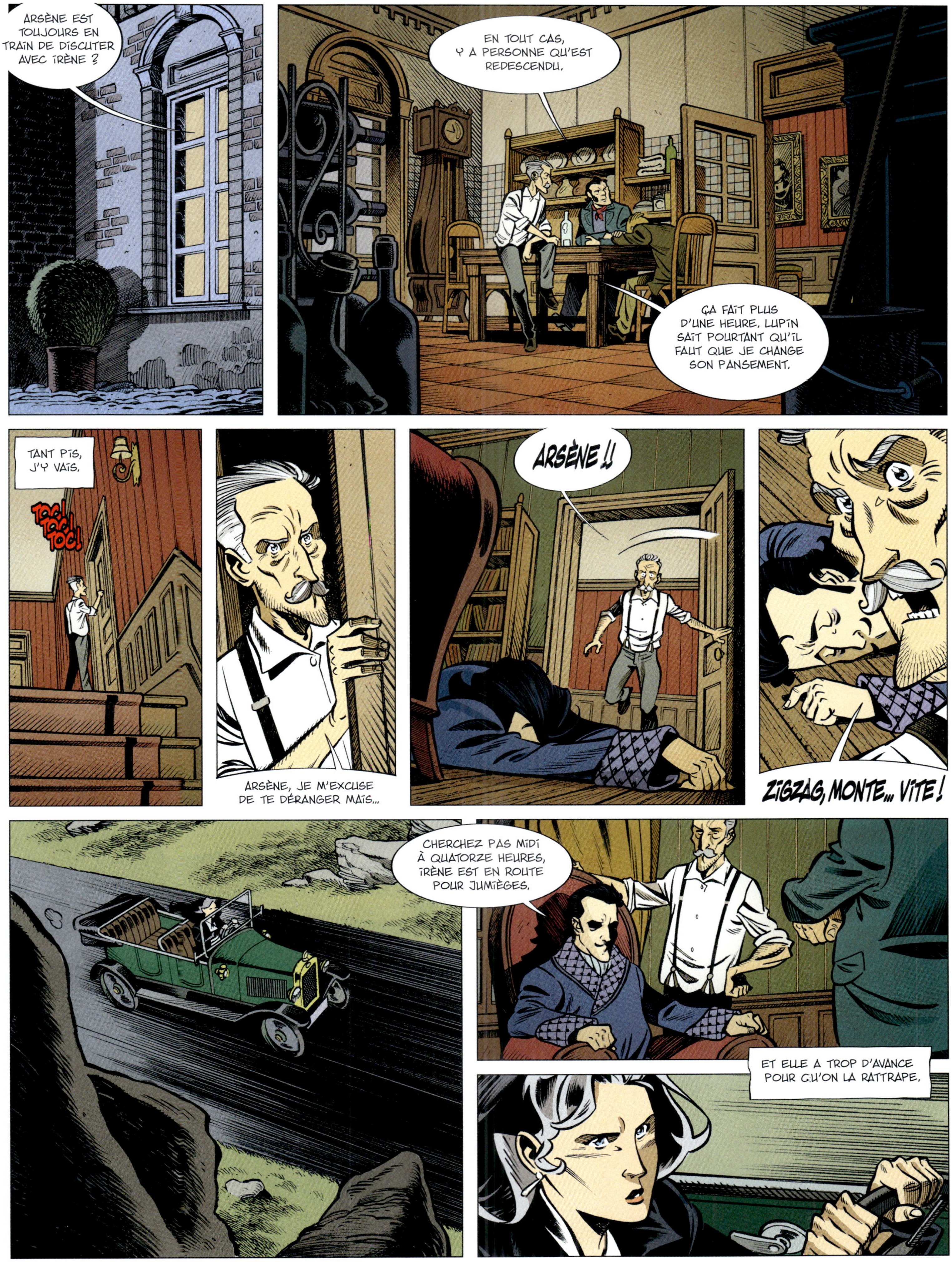
ARSÈNE EST TOUJOURS EN TRAIN DE DISCUTER AVEC IRÈNE ?
EN TOUT CAS, Y A PERSONNE QU'EST REDESCENDU.
ÇA FAIT PLUS D'UNE HEURE. LUPIN SAIT POURTANT QU'IL FAUT QUE JE CHANGE SON PANSEMENT.
TANT PIS, J'Y VAIS.
TOC! TOC! TOC!
ARSÈNE, JE M'EXCUSE DE TE DÉRANGER MAIS...
ARSÈNE !!
ZIGZAG, MONTE... VITE !
CHERCHEZ PAS MIDI À QUATORZE HEURES, IRÈNE EST EN ROUTE POUR JUMIÈGES.
ET ELLE A TROP D'AVANCE POUR QU'ON LA RATTRAPE.

CONDUIS-MOI À MON AVION, ZIGZAG.
JE TE L'INTERDIS, ARSÈNE, ET C'EST UN ORDRE !
J'PEUX SÛREMENT TROUVER UN PILOTE.
PAS LE TEMPS ! ÇA VA SE JOUER SUR LE FIL.
ET PUIS, IL VA Y AVOIR UN SALE BOULOT À FAIRE.
FILE-MOI TON ARME.
MON ARME ?!!
Z'ÊTES SÛR, PATR...
DONNE !
VOUS ALLEZ VRAIMENT LUI TIRER DESSUS ?
FAUT QUE JE L'ARRÊTE, COÛTE QUE COÛTE.
BONNE CHANCE, PATRON.

JUMIÈGES !
ET LÀ, CE DOIT ÊTRE IRÈNE.
J'AI LE TEMPS DE LUI LAISSER UNE DERNIÈRE CHANCE.
IRÈNE, ARRÊTEZ-VOUS...
BLAM!
BLAM!
... OU JE DEVRAI VOUS TUER À MON PROCHAIN PASSAGE.

ELLE CONTINUE...
PLUS LE CHOIX...
DES COUPS DE FEU ?!!
UN AVION...
MAIS QU'EST-CE QUI SE PASSE ?
PLANQUEZ LA GAMINE ET SA NOURRICE...
VITE !

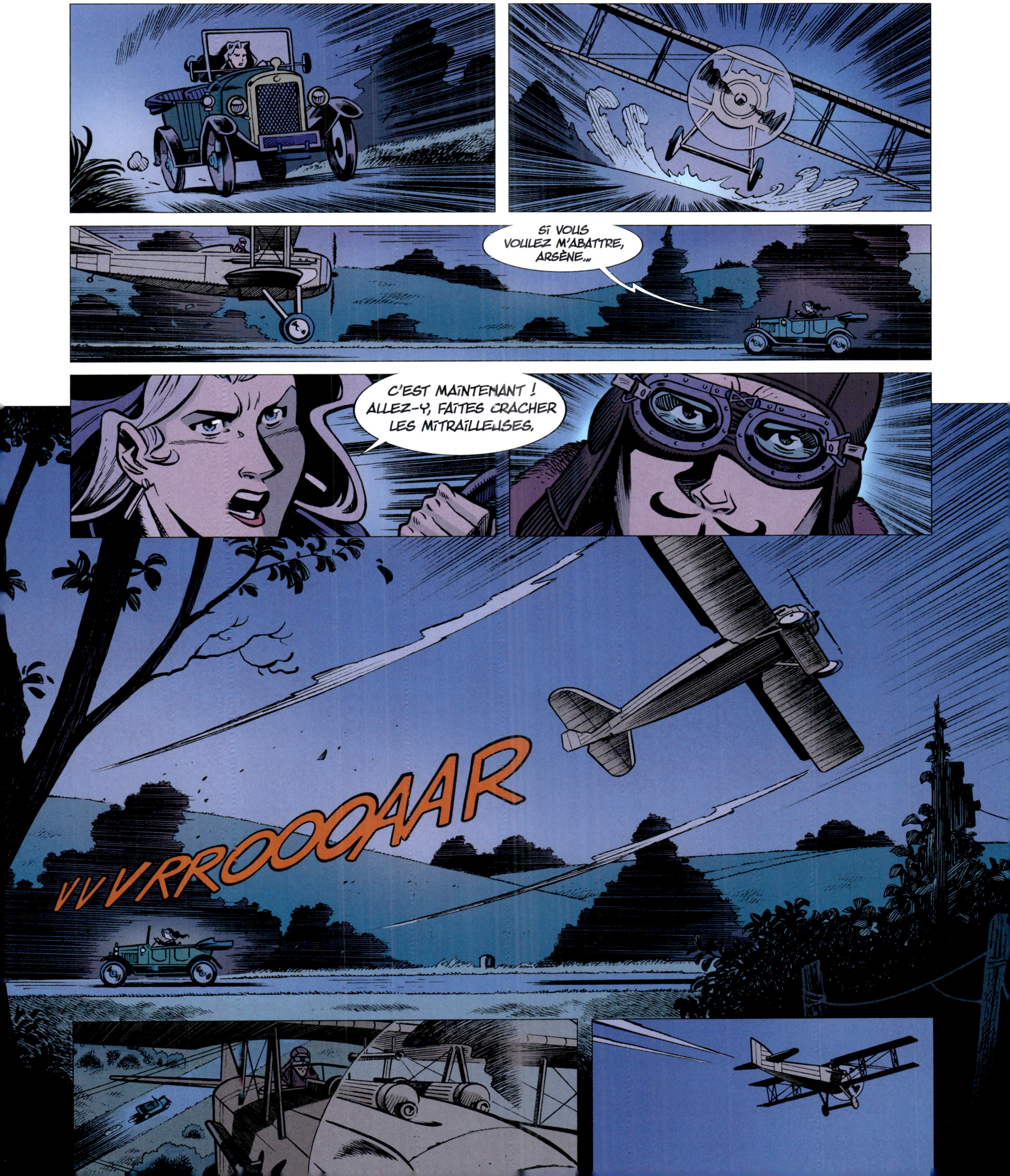
SI VOUS VOULEZ M'ABATTRE, ARSÈNE...
C'EST MAINTENANT ! ALLEZ-Y, FAITES CRACHER LES MITRAILLEUSES.
VVVRROOOAAAR

ALORS ?!!
ON A FOUILLÉ LES BARAQUES QUI LONGENT LA RIVIÈRE SUR QUINZE BORNES.
MAIS AUCUNE TRACE DE VICTOIRE.
SI ÇA S'TROUVE, C'ÉTAIT MÊME PAS SON ÉCHARPE.
JUMIÈGES.
STOP !
BONSOIR, IRÈNE.
LUPIN NE VIENDRA PAS, MAIS J'AI CE QUE VOUS VOULEZ. LE SECRET DE NOSTRADAMUS EST LÀ-DEDANS.
ET COMME VOUS LE VOYEZ, LA CASSETTE N'A PAS ÉTÉ OUVERTE.

JE LIBÉRERAI MES OTAGES DÈS QUE NOTRE SAINT-PÈRE AURA VÉRIFIÉ QUE CETTE BOÎTE CONTIENT BIEN CE QUE VOUS DITES.
SUR DIEU, JE LE JURE.
VOUS AVEZ FAIT LE BON CHOIX, ET GRÂCE À VOUS, LE MONDE IRA BIENTÔT MIEUX.
PUISSIEZ-VOUS AVOIR RAISON.
ARSÈNE...
VOUS TUER, C'ÉTAIT EMPÊCHER LES CURÉS DE RÉVÉLER LA DATE DE L'APOCALYPSE... MAIS C'ÉTAIT AUSSI PERDRE GENEVIÈVE. J'AI CRU JUSQU'AU DERNIER MOMENT QUE JE POURRAIS LE FAIRE... JE VOULAIS VRAIMENT...
PERSONNE NE PEUT SACRIFIER SON ENFANT.
LUPIN N'EST PAS PERSONNE.
NON, C'EST JUSTE UN PÈRE QUI AIME SA FILLE.
ET QUI IRA LE LUI DIRE QUAND TOUT ÇA SERA FINI.

ROME, LE LENDEMAIN...
J'ARRIVE DE FRANCE. COMMENT SE PORTE SA SAINTETÉ ?
PAS MIEUX, MALHEUREUSEMENT.
JE DOIS LUI PARLER AU PLUS VITE.
EH BIEN, MON AMI...
QUELLES SONT LES NOUVELLES ?
LA DATE DE L'APOCALYPSE EST DANS CETTE BOÎTE. PRIONS POUR QUE CE SOIT LE PLUS TARD POSSIBLE.
ALORS NOUS Y SOMMES, CETTE FOIS.
QUOI QU'IL EN SOIT, JE LA RÉVÉLERAI AU MONDE DÈS DEMAIN.
OUVREZ-LA POUR MOI.
CRAC!

IL Y A UN PAPIER.
LISEZ-LE-MOI.
ALORS, LA FIN DU MONDE EST-ELLE POUR DEMAIN ?
SI J'EN CROIS CE QUI EST ÉCRIT...
27 Avril 1897
ELLE A DÉJÀ EU LIEU.
VENEZ VOIR !
QUOI ?
VENEZ !
QU'EST-CE QUI SE PASSE, HENRIETTE ?
REGARDEZ LES CUBES, ÉMILE!
2 7 A 1 8 9 7
B 6 V 3 T E O
JULES NE PEUT PAS LES AVOIR POSÉS COMME ÇA PAR HASARD !

RITITITING !!
ARSÈNE, C'EST VICTOIRE.
VICTOIRE ?!!
PASSE-LA-MOI !
VICTOIRE, J'ÉTAIS TELLEMENT INQUIET.
RASSURE-TOI, LES CURÉS NOUS ONT LIBÉRÉES COMME PROMIS.
ET GENEVIÈVE ?
ELLE VA BIEN, MÊME SI ELLE NE COMPREND RIEN À CE QUI S'EST PASSÉ.
LE PRÊTRE QUI NOUS AVAIT FAIT ENLEVER M'A REMIS UNE LETTRE POUR TOI.
UNE LETTRE ?!! LIS-LA-MOI.
IL N'Y A QU'UNE DATE, LE 27 AVRIL 1897.
QU'EST-CE QUE ÇA SIGNIFIE ?
27 Avril 1897
JUSTE QUE LA VIE EST BELLE...
... ET QU'IL FAUT LA CROQUER À PLEINES DENTS.

ALORS LES PRÉVISIONS DE NOSTRADAMUS ÉTAIENT FAUSSES ?
OUI, ET VOUS ALLEZ POUVOIR REJOINDRE VOTRE COUVENT.
IL Y A UNE CHOSE QUE JE VOUDRAIS VÉRIFIER AVANT.
?!!
ET VOUS SAVEZ, MAINTENANT ?
JE PRÉFÈRE VÉRIFIER UNE DEUXIÈME FOIS POUR ÊTRE BIEN SÛRE.
ALORS, SUIS-JE PLUS FORT QUE DIEU ?

JE...
LAISSEZ-MOI UN PEU DE TEMPS, ARSÈNE, TOUT ÇA EST TELLEMENT DÉROUTANT.
BIENTÔT, JE VOUS DIRAI...
EN ATTENDANT, ALLEZ VOIR VOTRE FILLE, C'EST LE PLUS IMPORTANT.
NON...
NOUS IRONS ENSEMBLE.

FIN DE L'ÉPISODE
FÉLIX / JANOLLE

Un grand merci à toute l'équipe Bamboo
pour son soutien indéfectible.

Jérôme

Comme toujours, pour ces remerciements,
toutes mes pensées vont en premier lieu à Nathalie
qui garde le cap contre vents et marées.

Merci aussi à mon compère Jérôme qui m'a entraîné
dans cette quatrième aventure avec une joie
et un professionnalisme hors du commun.
Vivement la suite !

Merci aussi à Olivier, Hervé et Greg pour leur soutien
et pour l'huile dans les rouages, ainsi qu'à toutes les équipes
Bamboo/Grand Angle qui ont œuvré afin que cet album
voie le jour dans les meilleures conditions possibles.

Merci aussi à Walter et François qui ont fait
un travail formidable sur les couleurs.
Heureusement que vous êtes là pour mettre
un peu d'ordre dans mon bazar.

Merci aussi, comme d'habitude, à mon *crew*,
Clem, Flo, Léa et Robin.

Merci aussi aux lectrices et aux lecteurs toujours
fidèles au rendez-vous. C'est vous qui nous permettez de continuer.

Et pour finir, un énorme merci
à Maurice et à Sir Arthur, sans qui cet album n'existerait pas.

Alain

PREMIÈRE ÉDITION - Dépôt légal : octobre 2024 - ISBN : 979-1-0411-0463-5

Certifié PEFC
Ce produit est issu de forêts gérées durablement et de sources contrôlées
PEFC
10-31-1800
www.pefc-france.org

Imprimé en France
Printed in France by PPO Graphic, 91120 Palaiseau

La fabrication de cet album répond au processus
de développement durable engagé par Bamboo Édition.